AF595512

A Deusa do Amor na Feira

Ulrich Germania

Impressão

Título do livro:
A Deusa do Amor na Feira

Subtítulo:
Um Parque de Diversões com um Toque Místico

Série:
Encontros Românticos no Parque de Diversões.

KI-Notas:
História de IA iniciada e revisada pelo autor. Traduzida do alemão para o português brasileiro por uma IA.

Editora:
BoD · Books on Demand GmbH, Überseering 33, 22297 Hamburg, bod@bod.de

Pressão:
Libri Plureos GmbH
Friedensallee 273, 22763 Hamburg, Deutschland

ISBN: 978-3-8192-0840-9

Tabela de conteúdo

Notas:

Créditos das fotos:

As imagens da capa do livro e as ilustrações do livro foram geradas por IA e modificadas usando programas de manipulação de fotos.

Tradução:

A história deste livro foi traduzida do alemão para o português brasileiro por uma IA. A tradução foi verificada e aprimorada novamente por outra IA.

Contato com o autor:

Ulrich.Germania@online.de

Conhecer uns aos outros

Era uma noite agradável de verão quando as duas amigas Lina e Susa passeavam animadas pelo parque de diversões. Elas foram magicamente atraídas pelas luzes coloridas e pela música alegre e aproveitaram a atmosfera exuberante. Lina, com seus longos cabelos loiros e olhos azuis brilhantes, e Susa, com seus cachos escuros e risada contagiante, chamavam a atenção.

Elas riram e conversaram enquanto passavam pelas diversas barracas, comiam algodão doce e se maravilhavam com as atrações. Quando estavam pensando em qual atração gostariam de experimentar em seguida, foram abordadas por dois jovens.

"Oi, vocês duas! Gostariam de dar uma volta na roda-gigante conosco?", perguntou um deles, um rapaz alto e esportivo com um sorriso encantador. Seu amigo, um pouco menor, mas com um sorriso travesso, assentiu com a cabeça.

Lina e Susa trocaram um rápido olhar e sorriram. "Por que não?", respondeu Lina alegremente. "Nós adoramos a roda-gigante!"

Juntos, eles foram até a roda-gigante e os dois jovens se apresentaram. O mais alto se chamava Luiz e seu amigo, Leo.

Havia muitas pessoas na fila em frente à roda-gigante que queriam entrar na atração. Enquanto esperavam na fila, eles se apresentaram uns aos outros e descobriram que Luiz e Leo eram rapazes muito simpáticos, e as meninas ficaram encantadas por terem sido abordadas por eles.

Quando finalmente se sentaram em uma gôndola na roda-gigante, apreciaram a vista de tirar o fôlego do parque de diversões e da cidade. As luzes brilhavam como estrelas e a música alegre enchia o ar. Lina e Susa se sentiram como se estivessem em um conto de fadas, e a companhia de Luiz e Leo tornou a noite ainda mais especial.

Os quatro riram muito durante a viagem e se conheceram ainda melhor.

Quando a roda-gigante finalmente parou novamente, eles decidiram continuar aproveitando a noite juntos e experimentar ainda mais atrações.

Depois de saírem da roda-gigante, os quatro jovens decidiram visitar outra atração. Eles passearam pelo parque de diversões e se deixaram guiar pelas luzes coloridas e pela música alegre.

No final, eles optaram pela montanha-russa, que os atraiu com suas curvas rápidas e descidas emocionantes.

Lina e Leo sentaram-se em um vagão, enquanto Susa e Luiz sentaram-se no vagão seguinte. A empolgação e a expectativa eram palpáveis enquanto a montanha-russa subia lentamente a primeira colina. Lina e Leo se seguraram nas barras de segurança e trocaram olhares empolgados. Susa e Luiz riam e brincavam enquanto apreciavam a vista.

Quando a montanha-russa chegou ao topo da colina, o mundo prendeu a respiração por um momento.

Em seguida, ela mergulhou nas profundezas, e os quatro jovens gritaram de alegria e entusiasmo. As curvas rápidas e os loops faziam seus corações baterem mais rápido e eles saborearam cada segundo do passeio.

Depois do passeio na montanha-russa, eles saíram do carro e ainda estavam rindo da experiência emocionante.

Lina e Leo trocaram olhares cúmplices, enquanto Susa e Luiz também se aproximaram. Era óbvio que um vínculo especial estava se desenvolvendo entre os dois casais.

Juntos, eles decidiram continuar aproveitando a noite e experimentar ainda mais atrações. O parque de diversões ofereceu inúmeras oportunidades de diversão e aventura, além da chance de se divertirem juntos e se conhecerem melhor.

Ao passarem de uma atração para outra, sentiram que suas amizades se tornavam cada vez mais fortes.

Enquanto continuavam a passear pela feira, Leo pegou a mão de Lina e ela deixou. Um calor agradável a percorreu e ela sorriu para ele.

Susa notou sua amiga Lina caminhando de mãos dadas com Leo e um sorriso surgiu em seu rosto. Ela viu como Lina parecia feliz e também se sentiu encantada com a atmosfera romântica da feira.

Susa olhou para Luiz, que estava caminhando ao lado dela. Ele parecia um pouco tímido e não se atreveu a pegar sua mão. Com um sorriso determinado, Susa pegou sua mão e entrelaçou os dedos com os dele. Luiz ficou surpreso, mas depois sorriu e apertou a mão dela gentilmente.

Os quatro jovens caminharam de mãos dadas pela feira, curtindo a música alegre e as luzes coloridas. Eles se sentiram como se estivessem em um conto de fadas e a magia da noite fez seus corações baterem mais rápido.

A cabana da bruxa

Para manter a atmosfera de conto de fadas, eles descobriram por acaso uma casa de madeira no parque de diversões que parecia a casa de uma bruxa em um conto de fadas. A casa era feita de madeira escura e decorada com entalhes ornamentados. As janelas eram pequenas e redondas, com vitrais coloridos que brilhavam à luz da feira. Uma chaminé estreita se projetava do telhado, de onde um fino fio de fumaça subia e se perdia no ar ameno do verão.

Uma mulher idosa que parecia uma bruxa estava sentada em frente à casinha. Seu rosto estava profundamente enrugado e seus olhos brilhavam misteriosamente. Ela usava um vestido longo e preto que chegava até o chão e um chapéu pontudo que ficava torto em sua cabeça.

Suas mãos eram ossudas e marcadas com manchas da idade, e ela segurava uma bengala retorcida que parecia ter sido esculpida em uma árvore antiga.

Um pássaro preto - um corvo - estava empoleirado em seu ombro, observando os quatro jovens com seus olhos afiados.

Um gato preto descansava em seu colo, esticando-se preguiçosamente e ronronando suavemente.

A anciã sorriu misteriosamente quando viu o grupo se aproximando, e sua presença conferiu à cena uma atmosfera mágica, porém misteriosa.

"Sejam bem-vindos, meus queridos", disse a mulher idosa em uma voz rouca. "Aproxime-se e deixe-me lhe dizer algo".

Lina, Susa, Leo e Luiz trocaram olhares curiosos e se aproximaram da casa da bruxa. A anciã acariciava o gato preto em seu colo e a coruja em seu ombro piava baixinho.

"Vejo que estão procurando por algo especial", continuou a anciã. "Talvez eu possa ajudá-los a realizar seus desejos. Mas fiquem atentos, às vezes as coisas não são o que parecem."

Os quatro jovens estavam fascinados e um pouco nervosos.

"O que você quer dizer com isso?", perguntou Lina com cautela.

A velha sorriu misteriosamente.

"Cada um de vocês tem um desejo em seu coração que talvez nem queira admitir para si mesmo. Eu posso ajudá-los a reconhecer esses desejos e talvez até mesmo a realizá-los. Mas, para isso, vocês precisam confiar em mim e realizar uma pequena tarefa para mim."

Susa olhou para a idosa com ceticismo.

"E que tipo de tarefa seria essa?"

A velha levantou uma mão ossuda e apontou para um pequeno jardim encantado atrás da casa da bruxa.

"Há muitas flores diferentes neste jardim, quatro das quais são flores especiais destinadas a vocês. Cada uma dessas flores representa um desejo. Escolha uma flor, traga-a para mim e eu lhe contarei mais sobre seus desejos."

Lina, Susa, Leo e Luiz se entreolharam e finalmente assentiram. Eles estavam curiosos e queriam descobrir o que a idosa tinha a lhes dizer.

Juntos, eles entraram no jardim encantado e começaram a procurar as flores especiais.

O jardim estava repleto de plantas estranhas e flores brilhantes que cintilavam à luz da lua.

Lina perguntou: "Há tantas flores lindas e diferentes aqui, como posso reconhecer qual é a flor especial?"

Luiz parecia ter percebido: "As flores têm todas o mesmo valor. Somente quando você escolher uma delas, ela se tornará sua flor especial".

Não demorou muito para que cada um deles encontrasse uma flor especial.

Lina escolheu uma flor vermelha brilhante, Susa uma azul delicada, Leo uma amarela brilhante e Luiz uma roxa profunda.

Eles voltaram para a mulher idosa com as flores nas mãos.

"Muito bem", disse ela e pegou as flores. "Agora vamos ver que desejos vocês têm em seus corações."

A mulher idosa olhou atentamente para as flores e disse:

"Cada uma dessas flores representa um desejo que vocês carregam em seus corações", disse ela com um sorriso misterioso. "Vamos ver quais desejos vocês têm".

Ela segurou a flor vermelha brilhante que Lina havia colhido.

"Essa flor vermelha simboliza a paixão e o amor", explicou a anciã. "Lina, seu coração anseia por uma conexão profunda e apaixonada. Você quer encontrar alguém que faça seu coração brilhar e com quem você possa compartilhar um amor intenso."

Lina corou levemente, mas não podia negar que as palavras da mulher idosa eram exatamente o que ela estava sentindo.

"Como você sabe meu nome?", perguntou Lina à idosa, mas ela não respondeu, apenas sorriu misteriosamente.

Todos no grupo estavam curiosos para ver o que as outras flores revelariam.

A mulher idosa pegou a delicada flor azul que Susa havia colhido.

"Essa flor representa calma e estabilidade", disse ela. "Susa, você quer um relacionamento que lhe dê segurança e proteção. Você está procurando alguém que lhe traga estabilidade e paz e com quem você possa construir um futuro harmonioso."

Susa sorriu e se sentiu compreendida. As palavras da idosa refletiam seus desejos mais profundos.

Em seguida, a idosa segurou a flor amarela brilhante que Leo havia colhido.

"Essa flor representa a alegria e a aventura", explicou ela. "Leo, você anseia por um relacionamento repleto de experiências divertidas e emocionantes. Você quer encontrar alguém que encha sua vida de risos e aventuras e com quem possa compartilhar momentos inesquecíveis."

Leo concordou com a cabeça e se sentiu encorajado pelas palavras da idosa.

Por fim, a mulher idosa pegou a flor roxa profunda que Luiz havia colhido.

"Essa flor representa mistério e profundidade", disse ela. "Luiz, você quer um relacionamento cheio de mistério e emoções profundas. Você está procurando alguém que toque sua alma e com quem você possa construir uma conexão profunda e significativa."

Luiz sentiu como as palavras da mulher idosa tocaram seu coração. Ele sabia que ela estava expressando exatamente o que ele secretamente desejava.

A anciã sorriu com satisfação. "Agora vocês sabem os desejos que carregam no coração", disse ela. "Que a feira os ajude a realizar esses desejos e a encontrar o amor que procuram."

Com essas palavras, a velha se despediu, entrou na casa da bruxa e fechou a porta atrás de si.

Os quatro jovens ficaram olhando para a casa da bruxa, perdidos em seus pensamentos.

Lina disse: "Ela sabia todos os nossos nomes, apesar de não termos nos apresentado a ela."

Leo assentiu com a cabeça e disse: "Muito estranho mesmo. Ela era como uma cartomante que pede para alguém tirar cartas de um baralho e depois interpreta o destino das cartas escolhidas. Ela usava as flores em vez de cartas de baralho".

Susa disse trêmula: "Que assustador".

Luiz disse: "E você sabe o que mais é assustador? Ela não nos pediu dinheiro, embora esse tipo de coisa normalmente não seja oferecido de graça em um parque de diversões."

Leo disse corajosamente: "Devemos falar com ela novamente e oferecer-lhe algum dinheiro. Vou até a casa da bruxa e peço para ela sair novamente".

Lina implorou: "Não faça isso, Leo, estou com medo por você!"

Leo respondeu: "Acalme-se, vou apenas abrir a porta e chamá-la na cabana para que ela saia novamente".

Leo deu alguns passos em direção à casa da bruxa e Luiz o seguiu, enquanto as meninas esperavam a uma distância segura da cabana.

Luiz abriu a porta e Leo chamou no vazio do cômodo escuro: "Olá, você pode sair de novo?", mas não obteve resposta.

"Alô? Onde você está? Está me ouvindo?", Leo gritou, mas novamente não obteve resposta. Em vez disso, o gato preto saiu do quarto e o pássaro preto voou para fora da porta, passando pela cabeça de Leo.

O gato subiu na casa de madeira e sentou-se no telhado, o pássaro voou até o gato e sentou-se ao lado dele.

Leo e Luiz se juntaram a Lina e Susa e juntos olharam para o pássaro e o gato, que estavam sentados confidencialmente um ao lado do outro no telhado da casa da bruxa e olhando para eles.

De repente, o gato se sentou em seu traseiro, levantou uma pata e acenou para os dois casais como se fosse um gato da sorte asiático acenando.

Leo disse: "Ele está acenando para nós como um gato da sorte tailandês. Acho que é melhor acenarmos de volta e depois seguirmos em frente."

E assim o fizeram. Os quatro acenaram para o gato, deram meia-volta, deixaram a velha e misteriosa casa de madeira e voltaram para a barulhenta agitação da feira.

A realização de desejos

Leo parou de repente e olhou profundamente nos olhos de Lina.

"Lina, ouvi atentamente o que a bruxa disse sobre seus desejos. O que ela disse é verdade?"

Lina olhou para Leo e sorriu um pouco envergonhada.

"Sim, é verdade", respondeu ela calmamente. "Eu realmente quero uma conexão apaixonada. Alguém que faça meu coração brilhar."

Leo assentiu e segurou sua mão com mais firmeza.

"Acho isso lindo, Lina. Espero que eu possa ser esse alguém para você. Quero conhecê-la melhor e descobrir se podemos ter essa conexão."

Lina sentiu seu coração bater mais rápido.

"Eu também gostaria de descobrir, Leo."

Leo olhou profundamente nos olhos de Lina, com a voz cheia de emoção ao perguntar:

"Posso fazer seu coração brilhar?"

Lina sorriu e sentiu seu coração bater mais rápido.

"Com prazer, experimente!", respondeu ela calmamente, com os olhos brilhando de entusiasmo.

Sem hesitar, Leo agarrou Lina e a puxou gentilmente para seus braços. Seus corpos estavam próximos um do outro e o mundo ao redor deles pareceu parar por um momento.

Leo se inclinou para ela e lhe deu um beijo cheio de paixão. Seus lábios se encontraram com os dela com uma intensidade que tirou o fôlego de Lina.

De repente, ela sentiu um calor em todo o corpo ao retribuir o beijo apaixonado de Leo. Essa sensação se espalhou para Leo e eles se sentiram como se estivessem em um momento mágico. Seus corações batiam um pelo outro e Lina e Leo sabiam que haviam se encontrado.

Enquanto eles se perdiam em seu momento mágico, Susa e Luiz observavam a ação com um sorriso.

Susa olhou para Luiz e sentiu que um vínculo especial havia se formado entre eles também.

"Luiz, o que você acha do que a bruxa disse?", ela perguntou baixinho.

Luiz sorriu e pegou a mão de Susa.

"Acho que ela está certa. Sim, eu realmente quero uma conexão profunda e significativa. E acredito que podemos ter essa conexão."

Susa sentiu seu coração bater mais rápido. "Sinto o mesmo, Luiz. Vamos continuar aproveitando a noite e ver aonde ela nos leva."

Luiz assentiu, puxou Susa para perto de si e lhe deu um beijo carinhoso na testa. Susa sorriu e se sentiu segura e protegida na companhia dele. Junto com Lina e Leo, eles continuaram sua caminhada pelo parque de diversões, de mãos dadas e cheios de expectativa para o resto das experiências da noite.

Depois de algum tempo, eles descobriram uma cervejaria aconchegante com uma pista de dança. A música alegre e as risadas das pessoas os atraíram magicamente. A cervejaria estava decorada com luzes de fadas coloridas que brilhavam à luz da noite. As mesas e os bancos estavam bem ocupados e a atmosfera era exuberante e alegre.

Na pista de dança, jovens e adultos dançaram ao som da música ao vivo de uma banda formada por homens idosos. Os músicos usavam roupas nostálgicas e tocavam os sucessos dos anos 60 com grande paixão. Seus instrumentos eram bem cuidados e os sons da guitarra, do baixo, da bateria e do teclado enchiam o ar. O vocalista da banda conseguiu adaptar muito bem sua voz às músicas e quase parecia que os Rolling Stones ou os Beatles estavam fazendo um show no palco.

Lina, Leo, Susa e Luiz encontraram uma mesa livre perto da pista de dança e se sentaram. Eles pediram bebidas e aproveitaram a atmosfera alegre.

A música era animada e não demorou muito para que eles se deixassem levar pelas canções antigas e pelo rock.

Leo se levantou e estendeu a mão para Lina. "Você gostaria de dançar?", perguntou ele com um sorriso encantador.

Lina assentiu com entusiasmo e pegou sua mão. Juntos, eles entraram na pista de dança e começaram a se movimentar no ritmo da música.

Seus movimentos eram sincronizados e cheios de alegria, e eles riam enquanto se tocavam e provocavam um ao outro enquanto dançavam.

Susa observou os dois e se sentiu contagiada pela atmosfera alegre. Ela se virou para Luiz e perguntou: "Você gostaria de dançar também?".

Luiz sorriu e pegou a mão dela. "Eu adoraria", ele respondeu.

Juntos, eles se juntaram a Lina e Leo na pista de dança e dançaram ao som do rock animado da banda ao vivo.

A banda de músicas antigas no palco tocou com muita dedicação e alegria, e os sucessos antigos foram bem recebidos pelo público.

A pista de dança estava cheia de pessoas se movimentando ao som de músicas conhecidas. Velhos e jovens dançavam lado a lado e as fronteiras entre as gerações desapareceram.

Lina e Leo, assim como Susa e Luiz, estavam felizes. A música, a atmosfera alegre e, não menos importante, o fato de que todos haviam encontrado um parceiro para amar faziam seus corações baterem mais rápido.

A deusa do amor

Quando os dois casais voltaram da pista de dança para sua mesa, notaram que uma linda mulher loira estava sentada lá.

Seus longos cabelos dourados brilhavam à luz do parque de diversões e seus olhos cintilavam misteriosamente. Leo se aproximou e disse educadamente: "Com licença, esta é a nossa mesa. Você pode se mover um pouco para o lado?"

A bela mulher se moveu um pouco para que todos tivessem espaço, sorriu gentilmente e respondeu: "Sim, eu adoraria, sei que a mesa é sua. Posso me apresentar? Eu sou Amora, uma deusa do amor e assistente de Cupido, o deus do amor. Eu só queria ter certeza de que nossas flechas do amor não erraram o alvo".

Lina, Susa, Leo e Luiz se entreolharam surpresos. A presença de Amora parecia aumentar a atmosfera mágica da noite. Eles se sentaram à mesa e ouviram atentamente o que a deusa do amor tinha a lhes dizer.

"Fico feliz em ver que vocês se encontraram", continuou Amora. "A feira é um lugar cheio de magia e possibilidades, e parece que o destino os uniu. Que seu amor cresça e floresça."

Os quatro jovens se sentiram tocados pelas palavras de Amora, mas também ficaram muito irritados.

Leo puxou o assunto: "Olha, estamos aqui na feira, há palhaços e charlatões. Você nos viu juntos na pista de dança e agora está nos dizendo que é uma deusa do amor? Qualquer um pode ver que somos dois casais apaixonados e, infelizmente, isso não é prova de que você é uma deusa do amor. Desculpe, estou confuso."

Amora riu e perguntou: "Vocês se lembram da sua visita à casa da bruxa e da velha que deixou vocês colherem flores e depois revelou seus desejos pessoais e secretos?"

Lina, Susa, Leo e Luiz se entreolharam surpresos e assentiram.

"Sim, nós sabemos", respondeu Susa. "Foi um momento muito especial."

"E de repente a mulher desapareceu", disse Leo.

Amora sorriu misteriosamente.

"Bem, tenho uma confissão a fazer. Aquela mulher idosa era eu, em uma forma transformada. Eu queria ter certeza de que seus corações reconhecessem os desejos certos e que vocês tivessem a oportunidade de realizar esses desejos."

Os quatro jovens ficaram sem palavras.

"Você era a mulher idosa?", perguntou Leo com incredulidade. "Por que você se transformou?"

Amora sorriu com sabedoria.

"Às vezes é mais fácil falar com as pessoas não como uma bela mulher loira, mas como uma mulher idosa, porque assim as pessoas pensam que estão falando com alguém sábio e experiente. Eu queria ajudá-los a abrir seus corações e encontrar o amor que estão procurando."

Leo despenteou seu cabelo. "De alguma forma, ainda não consigo acreditar que você é uma mulher velha e uma linda deusa do amor ao mesmo tempo. Onde estamos? No parque de diversões, na vida real, ou em um conto de fadas com bruxas e deuses?"

Amora sorriu e levantou a mão. "Deixe-me provar a você que eu sou a deusa do amor e que eu era a mulher velha."

Naquele momento, o pássaro preto que estava sentado no ombro da mulher idosa apareceu de repente e pousou na mesa. Ele grasnou suavemente e olhou para os quatro jovens com seus olhos afiados.

Pouco tempo depois, o gato preto que estava deitado no colo da idosa pulou para a mesa e sentou-se ao lado do pássaro. Ele ronronou suavemente e esfregou a cabeça na mão de Amora.

"Esses dois são meus companheiros fiéis", explicou Amora. "Eles estão sempre comigo, não importa a forma em que eu apareça."

Lina, Susa, Leo e Luiz olharam para os animais com espanto e sabiam que Amora estava dizendo a verdade. A presença repentina do pássaro e do gato provou que ela era, de fato, a velha em forma transformada.

"Parece que realmente caímos em um conto de fadas, não é?", disse Susa em voz baixa, olhando Amora com um olhar interrogativo.

Amora acenou com a cabeça.

"Às vezes, os limites entre a realidade e os contos de fadas ficam embaçados. A feira é um lugar cheio de magia e possibilidades. Use a oportunidade que lhe foi dada hoje para realizar seus desejos e encontrar o amor que você sempre procurou."

Após uma breve pausa, durante a qual todos os presentes ficaram sem palavras, Amora acrescentou;

"Espero que, como deusa do amor e mulher idosa, eu tenha sido capaz de ajudá-los a encontrar o amor de suas vidas. O destino agora está em suas mãos, e agora vou me despedir."

Depois de dizer isso, Amora se levantou lentamente de seu assento.

O pássaro preto abriu as asas, voou no ar e sentou-se no ombro esquerdo de Amora, enquanto o gato preto saltou graciosamente da mesa para o braço estendido de Amora, subiu nele e sentou-se em seu ombro direito.

De repente, uma brisa suave soprou pelo jardim da cerveja e as luzes do parque de diversões pareceram brilhar mais intensamente por um momento.

Amora levantou as mãos e sorriu para os quatro jovens.

"Que o amor sempre os acompanhe", disse ela suavemente.

Em seguida, ela começou a se dissolver lentamente em um feixe de luz cintilante. O pássaro e o gato também desapareceram em uma luz suave que se espalhou ao redor deles.

Em poucos instantes, Amora e seus animais desapareceram como se nunca tivessem estado lá.

Os quatro jovens ficaram sentados sem palavras, percebendo que haviam testemunhado um momento mágico.

Eles sabiam que essa noite era muito especial e que suas novas conexões eram fortes, significativas e mágicas.

Leo olhou profundamente nos olhos de Lina e sorriu.

"Nunca pensei que contos de fadas pudessem ser verdadeiros", disse ele calmamente. "Mas esta noite eu aprendi que realmente existe magia e o sobrenatural na vida."

Lina retribuiu o sorriso e apertou a mão dele. "Às vezes, é preciso apenas o momento certo e as pessoas certas para descobrir a magia, e hoje a deusa do amor de um conto de fadas também nos ajudou", respondeu ela gentilmente.

Luiz concordou com a cabeça e olhou para Susa. "Na verdade, eu duvidava que o amor verdadeiro realmente existisse na vida", ele confessou, "mas agora eu sei que existe e que nós o encontramos".

Susa sorriu e colocou a mão na bochecha dele. "O amor verdadeiro geralmente está mais próximo do que pensamos. Só temos que abrir os olhos e o coração para reconhecê-lo. Amora nos ajudou a fazer isso."

Os quatro jovens conversaram sobre contos de fadas e amor verdadeiro por um tempo e depois voltaram a aproveitar a atmosfera alegre da feira e a companhia um do outro.

Enquanto as luzes do parque de diversões se apagavam lentamente e a noite chegava ao fim, eles se despediram um do outro, prometendo se ver novamente em breve.

Eles sabiam que sua história estava apenas começando e que viveriam muitos outros momentos mágicos juntos.

Mais livros do autor

Se você gostou dessa história romântica e brega de parque de diversões, certamente gostará de outros contos criados por Ulrich Germania.

Algumas das histórias de amor mais recentes foram escritas em colaboração com vários assistentes de IA, outras foram escritas pelo autor totalmente sem a ajuda da IA. Muitas das histórias falam de encontros românticos em lugares incomuns.

Até o momento, foram publicadas as seguintes histórias:

Feira de Corações
História brega de um parque de diversões.

Médicos na Feira
Não é um romance de médico, mas quase.

A Deusa do Amor na Feira
Um parque de diversões com um toque místico (este livro)

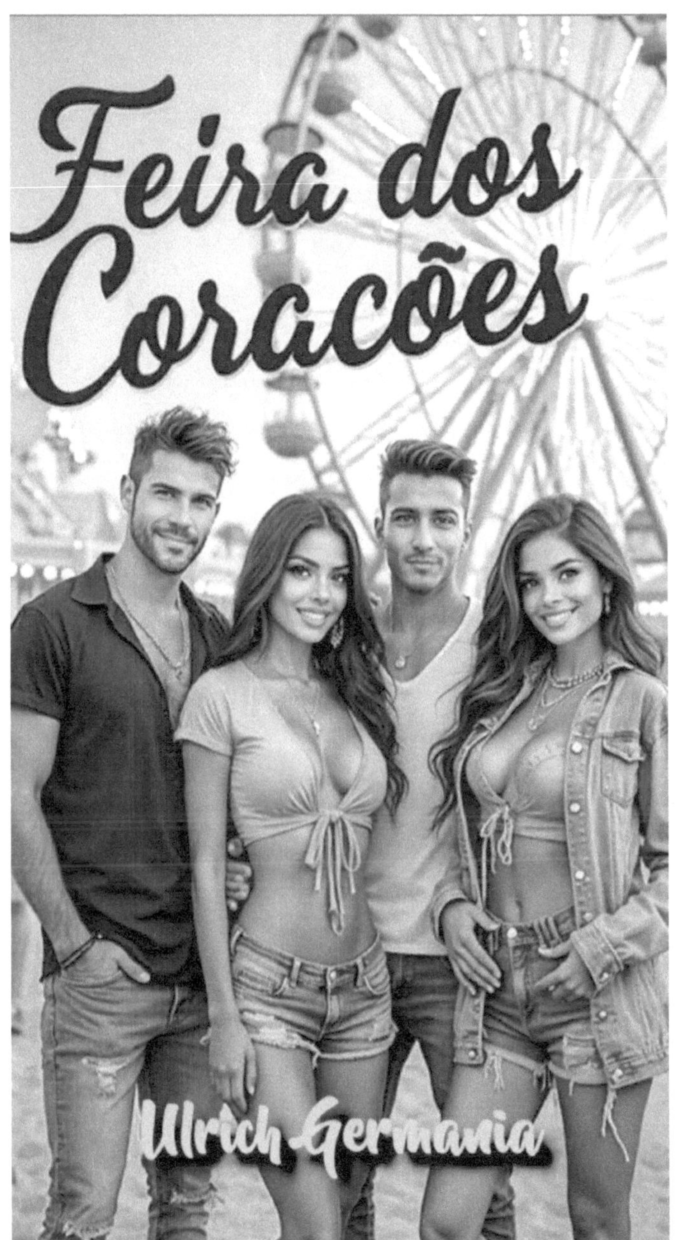
Feira dos Coracões
Ulrich Germania

Médicos
na Feira
Ulrich Germania

www.ingramcontent.com/pod-product-compliance
Lightning Source LLC
LaVergne TN
LVHW041524190726
843491LV00009B/2890

* 9 7 8 3 8 1 9 2 0 8 4 0 9 *